LILY Y SU BOLSO DE PLÁSTICO MORADO

Kevin Henkes

PARA WILL

Título original: *Lily´s Purple Plastic Purse*
Traducción: Teresa Mlawer

SEGUNDA EDICIÓN

Carretera León-La Coruña, km 5 - LEÓN
ISBN: 978-84-241-1870-9
Depósito legal: LE. 1049-2009
Printed in Spain - Impreso en España

EDITORIAL EVERGRÁFICAS, S.L.
Carretera León-La Coruña, km 5
LEÓN (España)
Atención al cliente: 902 123 400
www.everest.es

A Lily le encantaba el colegio.

Le gustaban los lápices con la punta bien afilada.

Le gustaba el chirrido de la tiza.

Y le gustaba el ruido que hacían sus botas: clik-clik-clik cuando caminaba por el largo y reluciente pasillo.

A Lily le encantaba tener su propio pupitre.

Le encantaban los palitos de pescado y el chocolate que servían de almuerzo todos los viernes.

Pero lo que más le gustaba era su maestro, el Sr. Slinger.

El Sr. Slinger era muy listo.

Sus camisas eran una obra de arte.

Llevaba los lentes sujetos con una cadena.

Y se ponía una corbata de diferente color cada día de la semana.

—¡Caramba! —exclamaba Lily. Era lo único que se le ocurría decir—. ¡Caramba!

En lugar de decir buenos días, el Sr. Slinger guiñaba un ojo y simplemente decía:
—¡Hola!

Un día decidió que los pupitres alineados eran una cosa anticuada y sin gracia. Decía:
—¿Qué tal, pequeños roedores, si hacemos un semicírculo?

Y siempre traía unos quesitos en forma de caracolitos, que sabían a gloria.

—Cuando sea mayor, quiero ser maestra —decía Lily.
—¡Yo también!
—gritaban a la vez sus amigos Chester, Wilson y Víctor.

En casa, Lily jugaba a ser el Sr. Slinger.

—Yo soy la maestra —le decía a su hermanito Julius—. ¡Presta atención!

Lily también quería tener su propia enciclopedia escolar.

—¿Qué le ocurre a Lily? —preguntó la mamá.

—Yo pensé que ella quería ser cirujana, conductora de ambulancia o cantante de ópera —dijo el papá.

—Debe ser por el nuevo maestro, el Sr. Slinger —dijo la mamá.

—¡Caramba! —dijo el papá con asombro. Fue lo único que se le ocurrió decir—. ¡Caramba!

Cuando tenían tiempo libre, los estudiantes podían ir al laboratorio La Bombilla, en la parte de atrás del aula. Allí podían expresar su creatividad a través de dibujos y redacciones.

Lily iba con frecuencia. Tenía un montón de ideas. Hacía dibujos del Sr. Slinger, y escribía cuentos acerca de él.

Durante "la hora de compartir", Lily mostraba sus trabajos a la clase.

—¡Caramba! —decía el Sr. Slinger. Era lo único que se le ocurría decir—. ¡Caramba!

Cada vez que al
Sr. Slinger le tocaba
supervisar la salida del
colegio, Lily hacía cola
frente al autobús
aunque ella no lo
tomaba para ir a casa.

Lily era la alumna que más
levantaba la mano en clase
(incluso cuando no sabía la
respuesta).

Y se ofrecía voluntaria
para limpiar los borradores
después de terminar
las clases.

—Cuando sea mayor
quiero ser maestra —decía
Lily.
—Me parece una idea
excelente —decía el
Sr. Slinger.

Un lunes por la mañana, Lily llegó muy contenta a la escuela.

Había ido de compras con su abuelita el fin de semana.

Traía unas gafas de sol, como las que llevan las artistas, con brillantes y una cadena como la del Sr. Slinger.

Tenía tres monedas relucientes.

Y lo mejor de todo era su nuevo bolso de plástico morado, del cual salía una alegre melodía cuando lo abría.

—Guardaré tus cosas en mi escritorio hasta el final del día —dijo el Sr. Slinger—. Así estarán seguras y luego te las llevarás a casa.

El estómago le dio un vuelco.
Tenía ganas de llorar.
No tenía sus gafas.
No tenía sus monedas.
Ni su bolso de plástico morado.
Lily no dejó de pensar en su bolso toda la mañana.
Estaba tan triste que no pudo comerse la merienda que ofreció el Sr. Slinger durante el recreo.

Esa tarde, Lily fue al laboratorio La Bombilla.
Todavía se sentía triste.
Se puso a pensar, a pensar y a pensar.
Y cada vez se ponía más enojada.
Se detuvo a pensar nuevamente, y se puso furiosa.
Otra vez se puso a pensar.
Luego hizo un dibujo del Sr. Slinger.

Y justo antes de que sonara el timbre de salida, Lily puso el dibujo en la cartera del Sr. Slinger a hurtadillas.

Cuando todos los niños tenían sus abrigos puestos y ya estaban listos para irse a casa, el Sr. Slinger se acercó a Lily y le dio su bolso de plástico morado.

—Es un bolso precioso —dijo él—. Las monedas son bonitas y relucientes. Y las gafas son absolutamente fabulosas. Puedes traerlos siempre que no interrumpas al resto de la clase.

—Cuando sea mayor, no quiero ser maestra —fue todo lo que respondió Lily y se marchó.

De camino a casa, Lily abrió su bolso.
Las gafas y las monedas estaban dentro.
Y también había una nota del Sr. Slinger que decía:
"Hoy fue un día difícil, pero mañana será mejor."
Y justo en el fondo del bolso había una bolsita con deliciosos pastelitos de queso.

El estómago le dio un vuelco.
Tenía ganas de llorar.
Se sentía fatal.

Lily fue corriendo a casa y le contó todo a su mamá y a su papá.

En lugar de ver su programa favorito, Lily decidió sentarse en su silla de meditar.

Esa noche, Lily hizo un dibujo del Sr. Slinger y escribió un cuento acerca de él.

La mamá de Lily escribió una nota.

Y el papá de Lily hizo unas croquetitas de queso para que las llevara a la escuela el próximo día.

—Pienso que el Sr. Slinger lo entenderá —dijo la mamá de Lily.

—Seguro que sí —dijo el papá.

Al día siguiente, Lily llegó muy temprano a la escuela.

—Esto es para usted —le dijo Lily al Sr. Slinger—. Porque en realidad lo siento mucho, muchísimo...

El Sr. Slinger leyó el cuento.

Y se quedó mirando el dibujo.

Luego, leyó la nota.

Y probó las croquetitas.

—¡Caramba! —dijo el
Sr. Slinger. Fue lo único que se
le ocurrió decir—. ¡Caramba!

—¿Qué crees que deberíamos hacer con esto? —preguntó el Sr. Slinger.

—¿Podríamos tirarlo a la basura? —dijo Lily.

—Una magnífica idea —contestó él.

Durante "la hora de compartir", Lily hizo demostraciones de la variedad de usos y las cualidades únicas de su bolso de plástico morado, de sus relucientes monedas y de sus elegantes gafas.

Luego montó una pequeña obra utilizando sus cosas.

—Se llama Danza Interpretativa —dijo Lily.

El Sr. Slinger se unió a la obra.

—¡Caramba! —exclamaron todos a la vez. Fue lo único que se les ocurrió decir—. ¡Caramba!

Durante el resto del día, el bolso de Lily, sus gafas y sus monedas, permanecieron dentro de su pupitre.

A veces, levantaba la tapa para asegurarse de que aún seguían allí, pero se cuidó bien de no interrumpir a nadie.

Justo antes de que sonara el timbre de salida, el Sr. Slinger sirvió las croquetitas de queso para deleite de todos.

—¿Qué quieren ser cuando sean mayores? —preguntó él.

—¡MAESTROS! —contestaron todos a la vez.

La respuesta de Lily fue más fuerte que la de los demás.

—¡Excelente! —dijo el Sr. Slinger.

Los niños comenzaron a salir de la clase en fila, y Lily apretaba, junto a su corazón, el bolso de plástico morado.

El Sr. Slinger tenía razón, hoy *había* sido un buen día.

Lily estaba tan contenta que corrió, dio saltitos, brincó, y voló hasta llegar a casa.

Y, desde luego, estaba segura de que cuando fuese mayor, sería maestra.

Excepto cuando quería ser bailarina o cirujana o conductora de ambulancia o cantante de ópera, piloto, peluquera o buceadora…